पद्मश्री प्राण

मॉरिस हार्न, वर्ल्ड एन्सायक्लोपीडिया ऑफ कॉमिक्स के एडिटर ने कार्टूनिस्ट प्राण को 'वाल्ट डिज्नी ऑफ इंडिया' कहा है।

उनकी कॉमिक्स पीढ़ी दर पीढ़ी बढ़ते हुए नौजवानों की हमेशा साथी रही हैं। उन्होंने अपने कैरेक्टर्स 'चाचा चौधरी, साबू, श्रीमतीजी, पिंकी, बिल्लू, रमन' इत्यादि के मनोरंजन का भरपूर लुत्फ उठाया है। उनके 600 से ज्यादा टाइटल्स मार्केट में बिक रहे हैं और दर्जनों स्ट्रिप्स न्यूज पेपर्स में छप रहे हैं। चाचा चौधरी पर आधारित एक टी. वी. सीरियल के लगातार 600 एपिसोड तक एक प्रमुख चैनल पर दिखाए गए।

विश्व के कई देशों का भ्रमण कर चुके, प्राण को 'लिमका बुक ऑफ रिकॉर्ड्स' ने 'पीपुल ऑफ द ईयर अवार्ड' से सम्मानित किया है।

1983 में उनकी कॉमिक बुक– 'रमन, हम एक हैं' का विमोचन तत्कालीन प्रधानमंत्री श्रीमती इंदिरा गांधी ने किया।

प्रकाशक

मुझे कोई नौटंकी नहीं देखनी। भागो यहां से!

धमाकासिंह! मेरी जादू की छड़ी बहुत पावरफुल है।

ऐसी लकड़ी का दातुन कर, मैं थूक देता हूं। चलते बनो!

तुम्हारी गधे जैसी ढैंचू ढैंचू, अब मुझे बर्दाश्त नहीं।

आबरा डाबरा फंकी! बन जा तू डंकी!!

ढैंचू! ढैंचू!!

मेरे बॉस को माफ कर दो।
लंगोटी! इसे घास चराने ले जाओ।

जादूगर! अगर तुम चाचा चौधरी और साबू को जानवर बना दो तो मानूं?

मैं उन दोनों को बंदर बना दूंगा।

चाचाजी! हम कहां जा रहे हैं?
साबू! याद है, पिछले हफ्ते हमने सेठ हरीराम को लूटने से बचाया था।

वही सेठजी ने आज खाने की दावत पर बुलाया है।

जादूगर सखाट, पोपली पाशा को सलाम करो।

कहां है, जादूगर ?
तुम्हारे सामने।

तुम मुझे जादूगर नहीं, जोकर दिखते हो।
मेरी जादुई छड़ी दिखा कमाल !

आबरा डाबरा फंकी, चाचा बने मंकी...

आऊ ऊ!
तड़ाक् क!

मेरी छड़ी, तुम्हारे पास?
इसे कहते हैं, जादू!

आबरा डाबरा फंकी, पाशा बने मंकी!

ख्वौं! ख्वौं!!
हा! हा!!

इसे कहते हैं, जिसकी जूती उसका सिर!

पोपली! नगर निगम वाले आवारा बंदरों को पकड़कर ले जाते हैं।
भागूं, यहां से!

ओह ! यह क्या ?
चौधरी ने मुझे बंदर बना दिया ।

खौं ! खौं !!

धमाकासिंह ! मुझे माफ कर दो ।

माफी नहीं, सजा !

जैसी करनी, वैसी भरनी !
ढैंचू ! ढैंचू !!

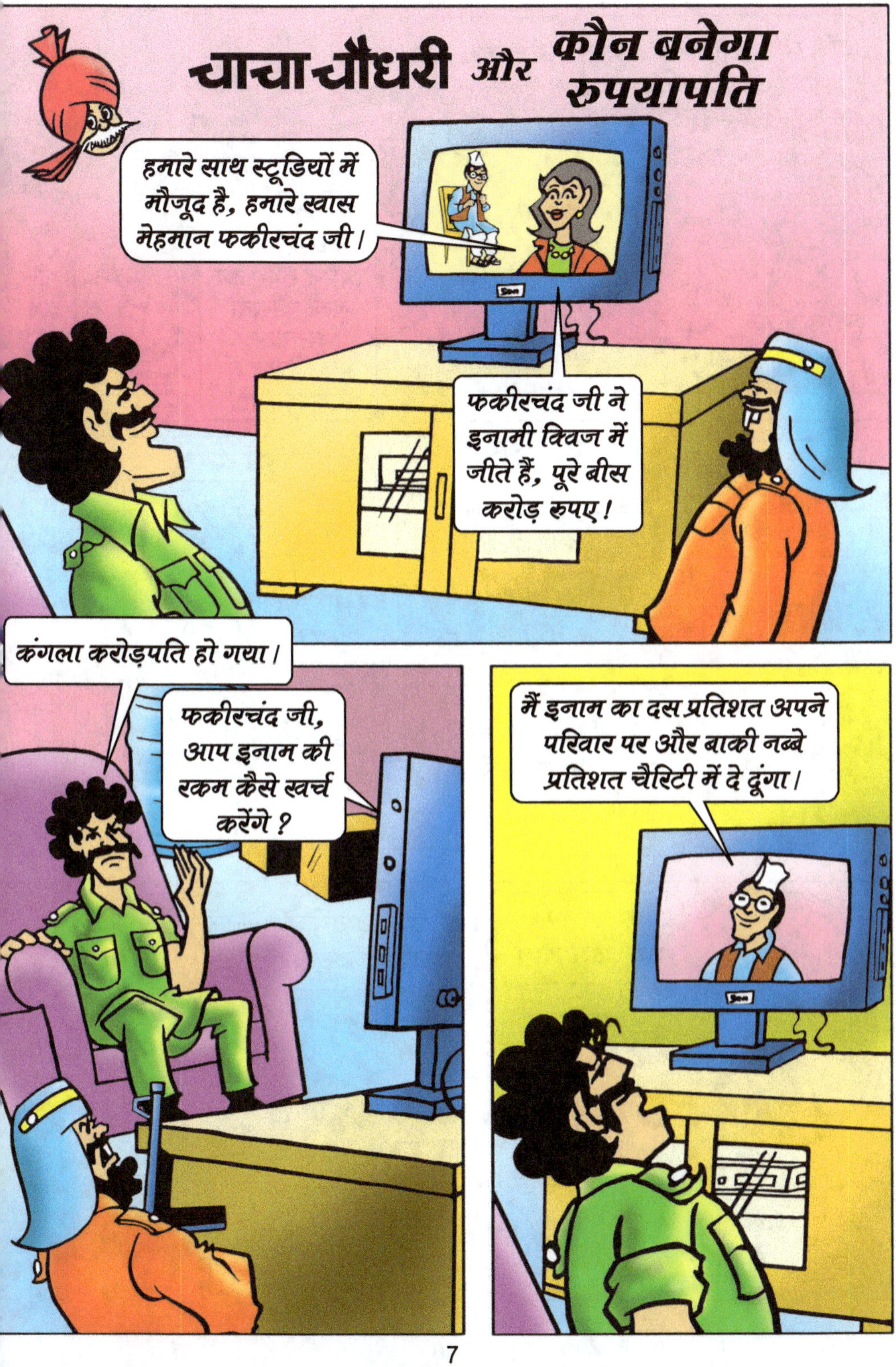

चाचा चौधरी और कौन बनेगा रुपयापति

बॉस ! वह सारा रुपया हमारे पास आना चाहिए।
ठीक कहा , बारूद।
अगले दिन।
हैलो, फकीर चंद ! अपने रुपए का नब्बे फीसदी धमाका फाउंडेशन में दान कर दो।
तुम्हारी संस्था कौन से भलाई के काम करती है ?
जेबकतरों को राशन...
और बदमाशों को गाड़ियां दूंगा।
मैं तुम्हारे रुपए से चोर उचक्कों के लिए घर बनाऊंगा।
और अपने लिए एक आलीशान बंगला बनाऊंगा।
डॉन धमाकासिंह का फोन काटने की गलती मत करना।
क्या बकवास है ?

मेरी बात ध्यान से सुनो।

आज शाम मैं तुम्हारे घर सारा रुपया लेने आऊंगा।

चाचाजी। धमाकासिंह मेरे इनाम के रुपए लूटने आ रहा है।

आप मेरी मदद करें।

घबराओ नहीं। अब हम तुम्हारे रक्षक हैं।

बॉस! शाम हो गई।

चलो, बारुद!

अब मैं बनूंगा, करोड़पति।

सररार्ट !

फकीरचंद के घर का दरवाजा खुला है।

अच्छा है, नहीं तो मैं गोली से उड़ा देता।

फकीरचंद ! कहां हो ? हम इनाम लेने आए हैं ?

घर में तो कोई है ही नहीं ?
तुमसे डरकर भाग गए हैं ।

हा ! हा !! मेरे आने की दहशत से तो पूरा गांव खाली हो जाता है ।

रुपया उधर बैडरूम में होगा ।

हैं!! एक तिजोरी छोटी, एक बड़ी!
बेवकूफ! एक में दस परसेंट और दूसरी में नब्बे परसेंट रुपया होगा।

बॉस! मैं तुम्हारा वफादार हूं। दस परसेंट वाली तिजोरी मुझे दे दो।

जा, ऐश कर!

अहा! अब ये रुपया मेरा।

हैं!!

बिग बॉस की बिग तिजोरी !

!?!

हट पीछे !
तड़ाक !

साबू ! इसे इनाम चाहिए ।
अभी देता हूं ।
www.chachachaudhary.com

धड़ाम !
यह रहा तुम्हारा इनाम !
धड़ाक !
हाय, मरा !
दिश्शुम !
फकीरचंद ! मेरे इलाज के लिए दान करोगे ?

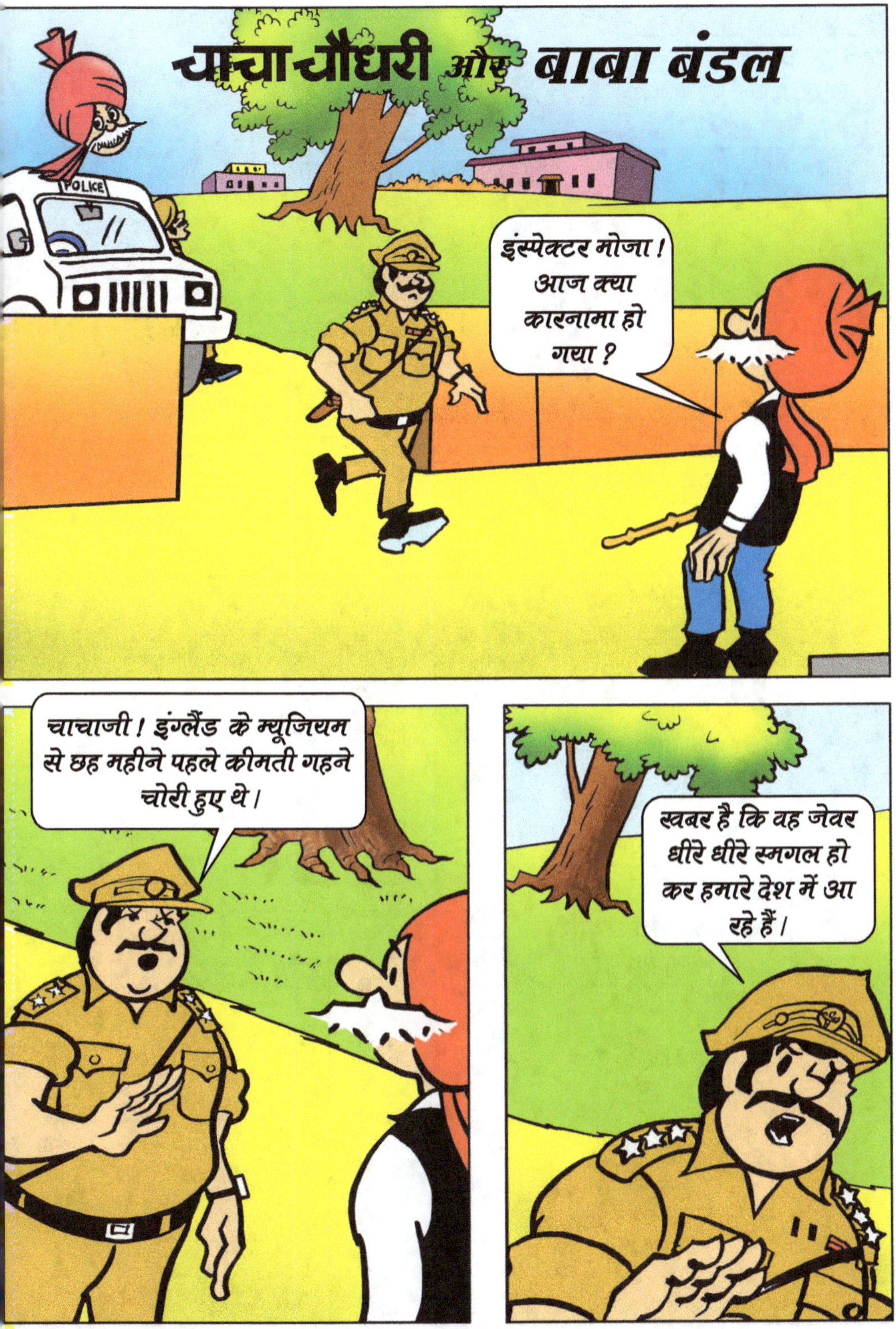

चाचा चौधरी और बाबा बंडल

हम पिछले काफी समय से एअरपोर्ट पर नजर रख रहे हैं।

इंग्लैंड से आने वाले हर यात्री की चौकस तलाशी ले रहे हैं।

मगर सफलता हाथ नहीं लगी।

सबसे पहले ऐसे यात्रियों की लिस्ट अरेंज करो, जो छह महीने से लगातार इंग्लैंड आए गए हों।

आइए, मेरे साथ! हमें लिस्ट एअरपोर्ट अथॉरिटी से मिल जाएगी।

सर राट!
POLICE

AIRPORT
हमें इंग्लैंड के पैसेंजर का प्रोफाइल रिकार्ड चाहिए।
बेशक!

आइए, रिकार्ड रूम में चलते हैं।

ऑपरेटर! इंग्लैंड पैसेंजर की लिस्ट का प्रिंट आउट निकालिए।
यस, सर!

हूं ?? इस लिस्ट में यह बाबा बंडल शख्स बार-बार इंग्लैंड आ-जा रहा है।
बंडल बाबा तो आज आने वाली फ्लाइट में भी आ रहा है।

मुझे बाबाजी की प्रोफाइल की जांच पड़ताल करनी है।

बाबा इज इंटरटिंग करेक्टर!
चलो, हम भी बाबा बंडल के दर्शन कर लें।
प्रोफाइल बताती है, यह बाबागिरी से पहले मैजिक शो किया करता था।

एअरपोर्ट चैकिंग काउंटर।
बाबाजी, प्रणाम!
जीते रहो, बच्चा!

GREEN CHANNEL
रुकिए, बाबाजी ! मुझे आपकी तलाशी लेनी है ।
क्या मैं तुम्हें चोर डाकू दिखता हूं ?
हम इंग्लैंड में भारतीय योग और संस्कृति का प्रचार कर के आ रहे हैं ।
GREEN CHANNEL
विदेशों में हमारा सम्मान और अपने देश में अपमान हो रहा है !

साबू ! बाबाजी की पीठ थपथपा कर उनको शाबाशी दो ।

नहीं !

मुझे ऐसी शाबाशी नहीं चाहिए ।

कोई अगर, मगर नहीं...

आओ, बाबाजी !

थपाक !
थपाक !

देखो, मोजा! म्यूजियम की ज्वैलरी।
चाचाजी, आपने पेट में छुपा राज कैसे जान लिया ?

बाबा बंडल की प्रोफाइल के अनुसार....

इस जादूगर बंडल की खासियत थी कि...

अपने मैजिक शो में यह पूरी तलवार मुंह से पेट में निगल जाया करता था।
यह जानते ही मेरी खोपड़ी में शक का अलार्म बजने लगा था।*
* चाचा चौधरी का दिमाग कम्प्यूटर से तेज चलता है।
चलो, जादूगर बाबा। अब जेल में मैजिक शो दिखाना।
कैदियों का अच्छा मनोरंजन होगा।
POLICE

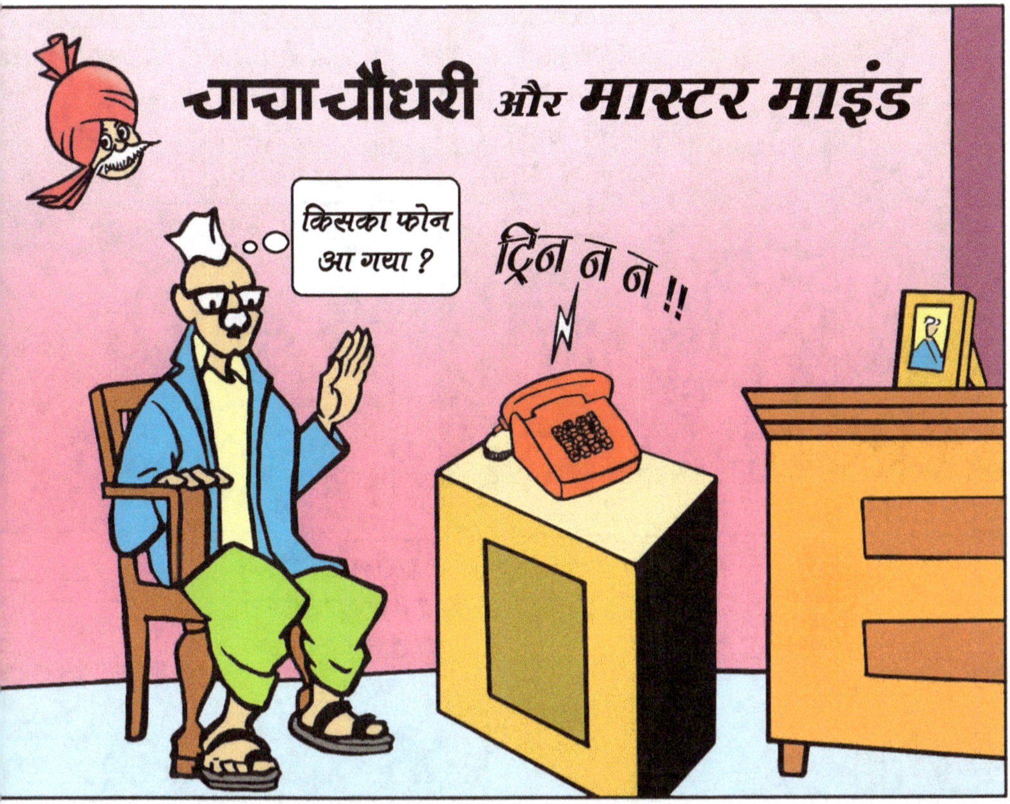

चाचा चौधरी और मास्टर माइंड

अब पुराना कार्ड बदलवाने के लिए मुझे बैंक की लंबी लाइनों में लगना होगा।

चिंता न करें, सीनियर सीटिजन के लिए बैंक कर्मचारी आपके घर पर ही नया कार्ड देने आएगा।
ठीक है।

शाम को।
डिंग ! डांग !!
पुराना कार्ड बदलने से क्या फायदा ?
यह एकाउंट की सिक्युरिटी के लिए किया जा रहा है।

गिरधारीलाल जी। मैं पैसा बैंक की ओर से नया डेबिट कार्ड देने आया हूं।
अंदर आइए।
अपना पुराना कार्ड और एक सेल्फ चेक ले आइए।
मैं अलमारी से निकालकर लाता हूं।

यह लीजिए, और कुछ ?...
पुराने कार्ड का पिन नंबर बताइए ?

0197.
इस रसीद पर साइन कर अपना नया कार्ड ले लीजिए।

वाह ! बैंक जाने का झंझट नहीं हुआ।
यह नया कार्ड 15 दिन बाद चालू होगा।

आप पंदह दिन बाद ए. टी. एम. मशीन पर जाइएगा।
ठीक है।

पंदहवां दिन।
आज घर खर्च के लिए रुपए निकाल लाऊं।

ATM
MULTI CURRENCY
CARD NOT ACCEPECDED.
ओह ! यह नया कार्ड काम नहीं कर रहा।

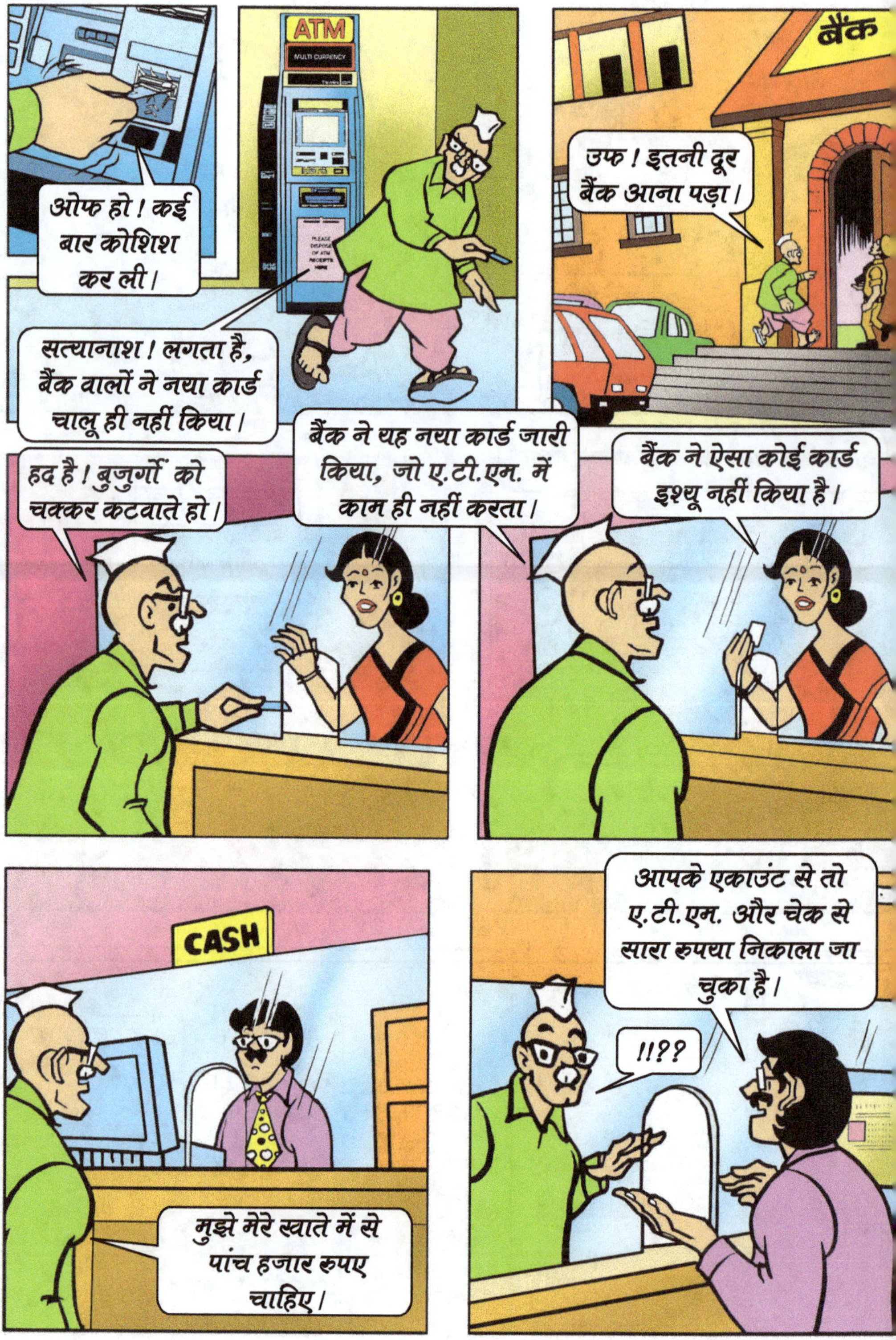

ओफ्फ हो ! कई बार कोशिश कर ली ।
सत्यानाश ! लगता है, बैंक वालों ने नया कार्ड चालू ही नहीं किया ।
उफ ! इतनी दूर बैंक आना पड़ा ।
हद है ! बुजुर्गों को चक्कर कटवाते हो ।
बैंक ने यह नया कार्ड जारी किया, जो ए. टी. एम. में काम ही नहीं करता ।
मुझे मेरे खाते में से पांच हजार रुपए चाहिए ।

बैंक ने ऐसा कोई कार्ड इश्यू नहीं किया है ।
आपके एकाउंट से तो ए. टी. एम. और चेक से सारा रुपया निकाला जा चुका है ।
!!??

मेरे साथ ठगी हुई है ।
ऐसे पेचिदा मामले एक ही आदमी सुलझा सकता है ।...

वह है, चाचा चौधरी !
हां, चाचा चौधरी ही मेरे मसले को हल करेंगे ।
POLICE

वह इंस्पेक्टर तो मुफ्त की तनख्वाह लेता है । अपराधी तो तुम पकड़ते हो ।
शांत, बीनी ! मेरा जन्म समाज सेवा के लिए ही हुआ है ।
POLICE

चौधरी साहब, किसी ने मेरी सारी जमापूंजी निकाल ली ।

आपके अकेले बुजुर्ग होने का फायदा उठाया गया है ।

घबराइए नहीं, मुजरिम पकड़ना मेरा फर्ज है।
अब मुझे तसल्ली हुई।

आप इत्मीनान से घर जाएं, अपराधी बचेगा नहीं।

चाचाजी, तहकीकात कहां से शुरू की जाए?

यह साइबर क्राइम है, इसलिए साइबर सैल की मदद लेनी होगी।

POLICE
POLICE
Books
सटर् सटर!

ब्यूरो चीफ! साइबर क्राइम में आपकी मदद चाहिए।
आप आदेश करें।
बुजुर्गों के खाते जालसाजों के निशाने पर हैं।
क्योंकि ऐसे ठग पहले अकेले असहाय पैंशनधारी बूढ़े लोगों की रेकी करते हैं।
फिर उनके खातों से रकम ट्रांसफर कर लेते हैं।
यह रुक्मणी देवी का खाता है, जो मासिक कुछ रकम खर्च करती हैं।
हमें बुजुर्गों के खातों पर पैनी नजर रखनी है।

आज उसके खाते से बड़ी रकम अलग अलग खातों में भेजी गई है।

करीब दस खातों से काफी रकम इधर से उधर की जा रही है।

फंड ट्रांसफर में मोबाइल बैंकिंग का प्रयोग किया जा रहा है।
रकम निकालने वाले और जहां जहां रकम गई, सब खातों को लिंक करो। 
चीफ! उन सब खाताधारकों की बातचीत ट्रेस करवाओ।

ऑपरेटर! सभी नंबरों की बातचीत कंट्रोलरूम से कनैक्ट करो।
चाचाजी! अब आप उनकी बातचीत सुन सकते हैं।
ट्रिन न न !
मास्टर! तुम्हारी ट्रिक सुपर्ब है।
थैंक्यू मास्टर! तुम्हारे राज में ऐश हो रही है।
वाह ! मास्टर! यह तो कमाल है।
मास्टर! तुम्हें कमीशन दूंगा।
मास्टर! यू आर जीनियस !

यह सभी लोग एक मोबाइल नंबर वाले शख्स को मास्टर बुला रहे हैं।
हां, क्योंकि वही है, इस साइबर लूट का मास्टर माइंड !

मास्टर माइंड के नंबर की लोकेशन ट्रैक करो।

वह नंबर इस समय गोवा में चल रहा है।
यानी ठगी का जाल बुनने वाला स्पाइडर गोवा में है।

आ भई, साबू गोवा घूमने चलें।

उर रात !

मोबाइल लोकेशन की दिशा में बढ़ते चलें।
POLICE
POLICE

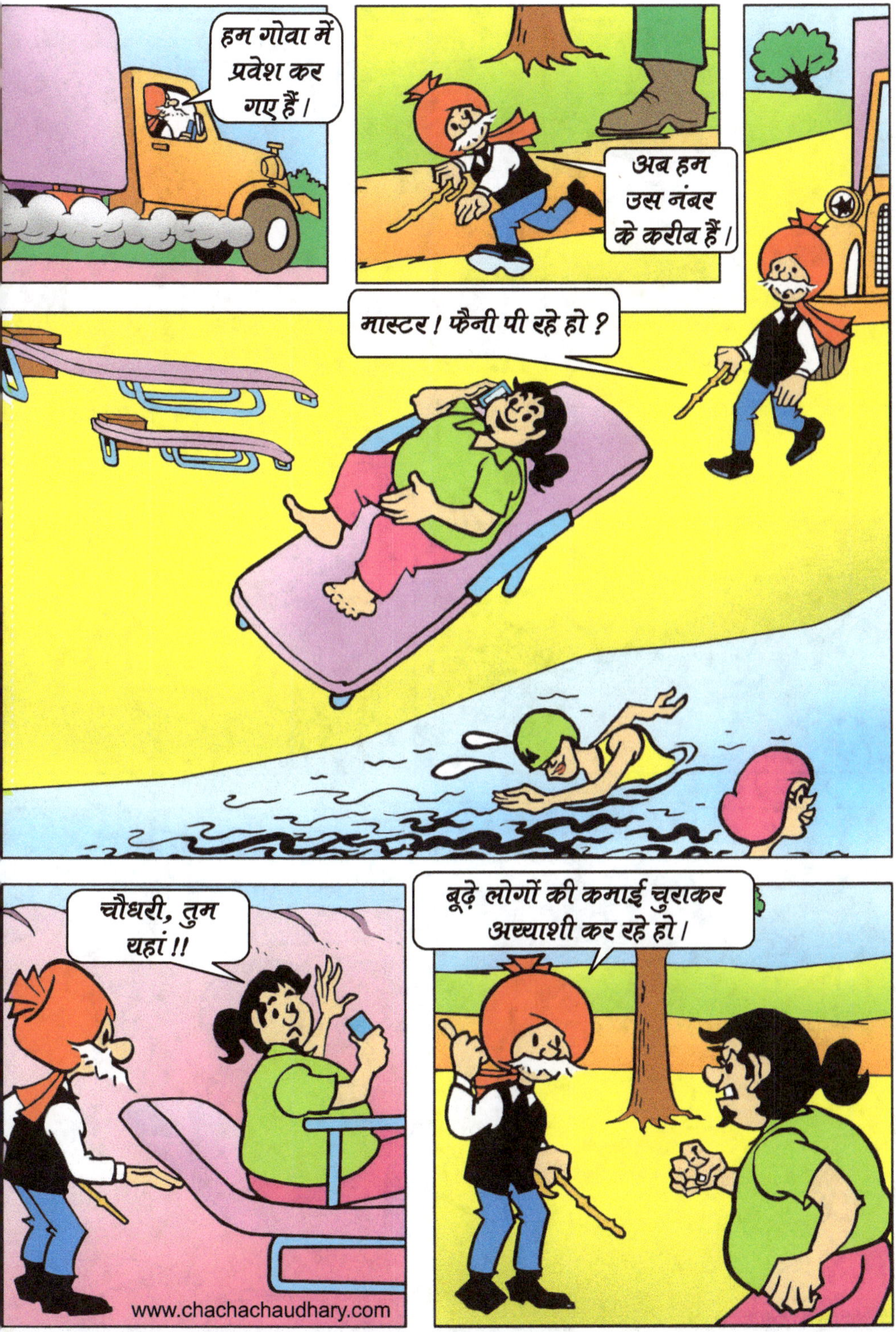

www.chachachaudhary.com

तुमने यहां आकर गलती की है।

और गलती की सजा मिलेगी।

धड़ाक !

अपने आप को कानून के हवाले कर दो।
नहीं, मैं तुम्हारे हाथ नहीं आऊंगा।

नहीं, मैं तुम्हारे हाथ नहीं आऊंगा।
ओह ! यह क्या ?
© PRAN'S FEATURES LLP

यह मेंढक बहुत फुदक रहा है। इसे मसल दूं ?
माफ़ी !
इस ठगों के उस्ताद और सभी चेलों से चुराए हुए रुपए वसूलने हैं।
मेरे रिमांडरूम में यह तोते की तरह बोलेगा।
POLIC

चाचा चौधरी और डबल रोल

ओह ! आगे कोई घायल है ।
लगता है, कोई ठोकर मार गया है ।
ठोकर तो अब तुम्हें लगेगी ।
रुपयों का बैग हमारे हवाले कर दो, नहीं तो खोपड़ी फोड़ दूंगा ।
यह वर्करों की तनख्वाह है ।
नौकरों की नहीं, अपनी फिक्र करो ।
सर राट !
लुटेरों को पकड़ो ।

इंस्पेक्टर! लाल पगड़ी वाला मेरे रुपए ले भागा।

लाल पगड़ी तो चाचा चौधरी पहनता है ?
हवलदार! अपना दिमाग मत लगाओ।

अगले दिन!
आज हमें कैश बैंक पर धावा बोलना है।
यस, बॉस।

धांय !
CASH BANK

मैनेजर! स्ट्रांगरूम की चाबी दो।
चाचा चौधरी ?
धांय !
MANAGER

जल्दी से सारा कैश बटोर लो।

विशेष समाचार बुलेटिन....
शहर में बढ़ती लूटपाट में...

चाचा चौधरी का हाथ !

हैलो, इंस्पेक्टर मोजा ! यह न्यूज चैनल मेरे बारे में क्या अफवाह फैला रहे हैं ?
चाचाजी, आपका अरैस्ट वारंट इश्यू हो चुका है ।

यह क्या बेहूदा मजाक है ?
कोई मुझे बदनाम कर रहा है ।

यू आर अंडर अरैस्ट!
लुटेरा चाचा चौधरी!

इंस्पेक्टर! यह कोई साजिश है।

मैं अपने फर्ज से मजबूर हूं।

आज पहली बार मैं कानून पर हाथ उठाऊंगा।

शांत, साबू! आओ, मसला हल करके आएं।

सर्राट!
POLICE

हैलो,
कंट्रोल रूम

कपड़ा बाजार में लुटेरे चाचा चौधरी को घेर लिया गया है।
POLICE

हैं ?? चाचा चौधरी तो मेरे साथ हैं, तो वहां कौन है ?

सभी पी. सी. आर. कपड़ा बाजार पहुंचें...ओवर!
POLICE
Books

मुझे वहां ले चलो, सारा भेद खोल दूंगा।
50%
POLICE

वह तो हू-ब-हू आपका डबल रोल है।

अभी पता लग जाएगा असली कौन, नकली कौन।

तड़ाक क!
STORES
BANK

यह तो कोई बहुरूपिया नौजवान है।

यह मूंछें भी नकली हैं।
झरराट!

देख क्या रहे हो ?
भून डालो !

हू-हूबा !

बड़ाम !
* जब साबू को गुस्सा आता है,
तो कहीं ज्वालामुखी फटता है !

बड़ाम !
www.chachachaudhary.com

फटाक !
विचक !
आऊ ऊ !

अब तेरी बारी !

रुको, साबू !

डबल रोल ! लूट का माल कहां है ?
चलो, मेरे साथ ।

घरर्रर्र !
POLICE

पुलिस टीम सारा जब्त कर लो ।
थैंक्स, चाचा चौधरी !

FESTIVALS OF INDIA

DIWALI
The Festival of Lights

DURGA PUJA
The Festival of Goddess Durga

GANESH CHATURTHI
The Arrival of Lord Ganesha

CHRISTMAS
The Day of Jesus Christ

DUSSEHRA
The Victory Of Good Over Evil

KRISHNA JANMASHTAMI
Lord Krishna's Birthday

ONAM
The Harvest Festival of Kerala

RAKSHABANDHAN
The Pious Bond of Brother and Sister

PONGAL
The Harvest Festival of Tamilnadu

HOLI
The Festival of Colours

BIOGRAPHIES

MAHATMA GANDHI
The Father of Our Nation

MOTHER TERESA
The Symbol of Kindness and Love

CHANAKYA
The Pioneer Economist of India

GAUTAM BUDDHA
The Founder of Buddhism

RABINDRA NATH
The Renowned Poet and Social Reformer

CHATRAPATI SHIVAJI
The Great Indian Warrior

INDIA'S HOPE NARENDRA MODI

APJ ABDUL KALAM
The Missile Man of India

SUBHASH CHANDRA BOSE
The Revolutionary Leader of India

Dr. RADHAKRISHNAN
The Great Indian Philosopher

X-30 Okhla Industrial Area, Phase-II, New Delhi-110020
Ph: 011-40712200 e-mail: sales@dpb.in website: www.diamondbook.in

www.ingramcontent.com/pod-product-compliance
Lightning Source LLC
Chambersburg PA
CBHW051336150726
47997CB00004B/1486